Dirige la Colección:
Trini Marull

Editora:
Cristina González

Ilustraciones:
Birgit Rieger

Traducción:
Rosa Pilar Blanco

Diseño de cubierta:
Miguel Ángel Parreño

Título original: *Hexe Lilli und das magische Schwert*
© Arena Verlag GmbH, Würzburg, 2001
© Grupo Editorial Bruño, S. L., 2002
  Maestro Alonso, 21
  28028 Madrid

AKS64000090
ISBN: 84-216-4400-9
Depósito Legal: M.-19.245-2004
Impresión: HUERTAS, Industrias Gráficas, S. A.
Printed in Spain

KNISTER

Kika Superbruja

y la espada mágica

ⓑ Bruño

5ª edición

Al final de este libro
encontrarás dos estupendos
trucos caballerescos,
pero no seas impaciente
y... ¡espera a llegar
a la página 143!

Esta es Kika, la superbruja protagonista de nuestra historia. Tiene más o menos tu edad y parece una niña corriente y moliente. Bueno, en realidad lo es…, aunque no del todo. Y es que Kika posee algo muy poco común: ¡un libro de magia!

Una mañana, Kika encontró ese libro junto a su cama. ¿Que cómo llegó a parar allí? Ni idea.

Kika solo sabe dos cosas: que la atolondrada bruja Elviruja se lo dejó olvidado en un descuido, y que el libro contiene auténticos encantamientos y loquísimos trucos de bruja. Kika ya ha probado algunos. Pero ¡cuidado…!

Será mejor que no intentes imitar los conjuros de Kika, porque...

Si al leer una palabra te equivocas,
tu cepillo de dientes se convertirá en escoba;
tu profesora, en una monstrua abominable,
y el helado que te estás comiendo,
en un pepinillo en vinagre.

Por si acaso, Kika Superbruja no le ha hablado a nadie de su fantástico libro. Es, como si dijéramos, una bruja auténtica, pero secreta. Ha ocultado la existencia del libro de magia incluso a Dani, su hermano pequeño, y esto no le ha resultado nada fácil, pues Dani es muy, pero que muy curioso, y a veces hasta puede resultar algo plasta. Pero, a pesar de todo, Kika le adora.

Bueno... y a continuación, ¡sumérgete en el placer de la superlectura con las aventuras de Kika Superbruja!

Capítulo 1

Después de cenar, Kika está sentada junto a la ventana de su habitación, mirando la calle.

Fuera llueve y hace frío.

—¡Bufff, qué aburrimiento! —exclama mientras tamborilea con la punta de los dedos en el cristal.

De pronto, se le ocurre una idea y esboza una sonrisa de oreja a oreja.

—Cuando no hay nada que hacer, siempre queda chinchar a Dani... —dice mientras se frota las manos con aire perverso.

Avanza de puntillas hasta el cuarto de su hermano pequeño y pega la oreja a la puerta.

¿Qué serán esos ruidos tan extraños?

Kika oye un siseo. Y gemidos. Y rugidos.

Dani está jugando, pero... ¿a qué?

Kika sigue escuchando.

—¡CHUPP, CHUPP, CHUPP! —brama Dani, y después—: ¡BUUMMM! —tras una pequeña pausa, sigue un interminable—: ¡AAAAHHHHHH...!

—Parece un combate... —murmura Kika—. Debe de estar jugando con su barco pirata de Lego.

Kika vuelve rápidamente a su habitación, se pone un cinturón, mete en él su cuchillo de plástico y se ciñe una bufanda alrededor de la frente. Después echa una rápida ojeada al cuarto de estar para asegurarse de que sus padres se encuentran allí. Así puede deslizarse hasta la cocina sin ser vista...

Una vez ahí, coge el sacacorchos a modo de gancho de abordaje y corre a mirarse en el espejo del pasillo.

—¡Uauuuu! —exclama, satisfecha, blandiendo su sacacorchos-gancho-de-abordaje con gesto fiero—. ¡Parezco mucho más peligrosa que el pirata Desollador, que atravesó las Antillas a cuchillada limpia y transformó el mar Caribe en un lago de sangre!

Antes de que sus padres la descubran con semejante pinta, Kika se apresura a volver al cuarto de Dani y pega la oreja a la puerta otra vez.

Su hermano está hablando, pero... ¿con quién?

—¡Tomaaaa! ¡Chúpate esa, rata asquerosa! —sisea Dani.

Kika entreabre la puerta sin hacer ruido, se desliza por la rendija y, antes de que Dani pueda verla, empieza a vociferar:

—¡Aquí está Kika Sajaytaja, la pirata más temida de los siete mares y las doce bañeras! ¡Ríndete, o te abriré en canal de un tajo, como si fueras un sobre! Con mi gancho de la muerte abriré un agujero en tu barco, y te enviaré al fondo del mar, y...

18

—¿Qué barco? —pregunta Dani, sin dejarse impresionar por el ataque sorpresa de su hermana.

—Bueno, me refiero a tu... —Kika se interrumpe en mitad de la frase.

Acaba de darse cuenta de que Dani no está jugando con su barco pirata, sino que ha montado su castillo medieval.

—¡Da igual, entonces bastará con abrirte un agujero en la barriga! —brama al tiempo que empuña su cuchillo de plástico.

Pero Dani no se asusta tan fácilmente, y señala su pecho con toda tranquilidad. En él se bambolean un montón de collares de mamá.

—Soy un auténtico caballero y llevo cota de malla —dice—. Tu espada no puede nada contra esto, y además... —entonces se cubre la cabeza con una caja de cartón en la que ha abierto unas rendijas para los ojos y un agujero para respirar con unas tijeras—... además, ¡llevo un casco tan duro, que tu espada quedará hecha un churro si me tocas! Y ahora... ¡lárgate!

Kika se queda con un palmo de narices. No contaba con eso. ¡Menudo listillo respondón! No creía capaz de eso al mocoso de su hermano...

Pero no tarda en recuperar su aplomo:

—¿Sabe mamá que te has puesto sus mejores joyas?

—¿Sabe mamá que andas haciendo el ganso por ahí con el sacacorchos?

¡Ay, ay, ay...! ¡Pobre Kika! La réplica de Dani ha dado en el clavo.

A ella le cuesta encontrar las palabras:

—¡Tú... tú... tú eres un... un enano... un microcaballero de pacotilla!

—¡Bah! —replica Dani con desdén, y se concentra de nuevo en su castillo y en sus figuritas de caballeros medievales.

Kika se ha quedado patidifusa, y no le queda más remedio que observar calladita cómo Dani coloca una bandera de papel hecha por él mismo en la cima del torreón del castillo.

Luego hace corretear alrededor de la fortaleza a dos jinetes de plástico, mientras grita con voz de trueno:

—¡Maldición! Este castillo es demasiado alto... ¡No podemos tomarlo!

—¿Por qué no lo intentáis a cañonazos? —sugiere Kika, y aprovecha para usar una pieza de Lego como proyectil.

—¡Ja, ja, ja! —ríe Dani con aire suficiente—. Mi castillo es de pura roca... ¡Es imposible atravesarlo a cañonazos!

—¿Y con flechas incendiarias? —insiste Kika—. No sería el primer castillo que arde como una fogata.

—¡Olvídalo! —replica orgullosamente Dani—. ¿Es que no te has fijado en el foso lleno de agua? Habría que atravesarlo para llegar al castillo. Y disparar esas flechas por encima de las murallas, a tanta distancia..., ¡ni el mismísimo Robin Hood!

Entonces Kika deja el sacacorchos y el cuchillo, imita el relincho de un caballo y hace que un jinete avance hasta la fortaleza.

—¡Esto es un asedio! —grita—. ¡No dejaremos entrar ni salir a nadie hasta que os rindáis… o perezcáis de hambre!

Dani se ríe y saca una galleta por una ventanita del castillo.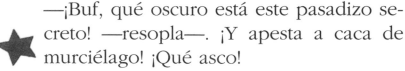

—¡Bah..., resistiremos! ¡Tenemos provisiones de sobra para mucho tiempo! —dice.

A continuación parte la galleta, la reparte con su hermana y añade:

—Además, hay un pasadizo secreto que conduce directamente a la cocina..., bueno, quiero decir..., ¡a la despensa del rey! Enviaré a una mensajera para que consiga nuevas provisiones —y comenta entre susurros—: Creo que mamá ha traído chocolate. Está en la nevera.

Kika capta la idea al instante, se tira al suelo y avanza cuerpo a tierra por la habitación de Dani, en dirección a la puerta.

—¡Buf, qué oscuro está este pasadizo secreto! —resopla—. ¡Y apesta a caca de murciélago! ¡Qué asco!

Kika sale del cuarto, pero cuando se dirige a la cocina, de repente se le ocurre una brillante idea.

Rebusca a toda prisa en el cajón de su escritorio, saca un folio en blanco y lo pliega para formar un avión de papel. Con lápices de colores le pinta ojos, alas, garras...

¡Y ya está listo su dragón!

—Tiene una pinta estupenda —dice Kika, orgullosísima de sí misma—, ¡pero falta lo principal!

El siguiente paso es hacerse con el mechero de la cocina. Como es largo y delgado, resulta ideal para introducirlo en el pliegue central del avión de papel, de manera que por delante solo asome la punta.

Kika enciende el mechero para probar y una llamarada de casi diez centímetros brota en el acto con un rugido impresionante. ¡Del susto, a Kika casi se le cae el dragón de la mano!

—Ostras..., no sabía que tuviéramos un lanzallamas en casa —musita mientras vuelve a ocultar el encendedor en el avión de papel, y enseguida exclama—: ¡Adelante, *Fogoso!* ¡Ataquemos ese castillo!

Kika se dirige a toda velocidad al cuarto de Dani.

—¿Has traído algo de comer? —le pregunta su hermano.

—¿Algo de comer? —replica ella—. Pero si precisamente he venido a buscar comida... ¡y al primero que voy a zamparme es a ti!

Tras esas palabras, Kika hace que su temible dragón sobrevuele el castillo.

Dani se ríe e intenta atrapar el avión de papel:

—¡Qué guay! ¿Me dejas verlo?

Pero Kika le esquiva:

—¡Eh, mucho cuidado conmigo...! ¡Soy un dragón de fuego!

Dani intenta atacar al dragón con uno de sus caballeros de plástico, que empieza a lanzar estocadas a diestro y siniestro.

—¡Bah! Con un simple escupitajo podría oxidarle la armadura entera a tu caballero —le chincha Kika.

¡Es la gota que colma el vaso! Dani está furioso.

—Bueno, sigue volando todo lo que te dé la gana —dice fingiendo indiferencia—. ¿Qué puedes hacerle tú a mi castillo?

—¡Convertirlo en cenizas! ¿Olvidas que soy un dragón de fuego? —se envalentona Kika.

—¡Más bien dirás una lagartija de papel!

—¡Vigila tu lengua, caballerete, o te chamuscaré los pelos de la cocorota, tan cierto como que me llamo *Fogoso!*

—*¡Fogoso, Fogoso,* estás hecho de papel de váter sedosoooo! —canturrea Dani.

—¡Entrégame ahora mismo el tesoro del castillo, o será pasto de las llamas! —vocifera Kika.

—*¡Fo-go-soooo...,* papel de váter se-do-soooo! —sigue canturreando Dani.

—¿Ves la bandera de tu castillo? ¡Pues grábala en tu mente, porque será lo primero que arda, como castigo por ofender a *Fogoso,* el más ardiente de todos los dragones!

Entonces Kika empieza a describir lentos círculos con su dragón alrededor del castillo y exclama:

—¡Groarrrrr...! ¡Contempla mi boca de fuegoooo!

En ese instante, una llamarada brota de las fauces del dragón y carboniza la bandera del castillo en un abrir y cerrar de ojos.

Dani se queda patitieso. Solo cuando Kika apaga el pequeño fuego de un soplido, recupera el habla:

—¡¡¡Qué pasada!!! ¿Cómo lo has hecho?

Kika le pasa el dragón; Dani descubre el mechero escondido y lo enciende en el acto.

—¡Genial! —exclama, alucinado, mientras hace brotar la llamita una y otra vez.

Pero la diversión dura poco. ¡Su madre acaba de entrar en la habitación!

Rápida como el rayo, Kika se deshace de los últimos restos de bandera del castillo, y Dani intenta ocultar el dragón a su espalda.

Los dos saben que tienen prohibidísimo jugar con fuego.

Pero no tienen la menor posibilidad. Mamá huele en el acto a qué acaban de jugar allí.

—¿Es que os habéis vuelto locos? —les regaña—. ¡Hacer fuego en casa...! ¿Queréis que salgamos todos ardiendo, o qué?

—Si... si... si solamente era un fuego pequeñito... —tartamudea Dani, y enseguida le entrega a su madre el mechero-dragón.

—¿Un fuego pequeñito, dices? —replica mamá, muy enfadada.

Kika sale en defensa de su hermano:

—Lo de usar el mechero ha sido idea mía. La verdad es que hemos tenido mucho cuidado y solo hemos quemado una banderita diminuta.

—Kika, a tu edad ya deberías saber que...

—Sí, ha sido una tontería. No lo haré más. Lo siento mucho, mamá.

—¡El mechero de la cocina no es un juguete! —continúa su madre con tono severo.

—No volverá a pasar, ¡palabra de Kika! —promete la niña.

Dani también está muy arrepentido:

—Yo tampoco volveré a tocar el mechero, prometido —aunque enseguida añade—: Qué pena... ¡Ese escupe-fuego volador era una chulada!

Mamá pone los ojos en blanco, pero al final acaba sonriendo, e incluso hace brotar la llama del mechero durante un instante.

—Menudas ideas se os ocurren...

—¿Existieron de verdad? —quiere saber Dani.

—¿Quiénes? —pregunta su madre.

—Los dragones de fuego.

—Bueno, hay muchas leyendas que hablan de dragones, de espadas mágicas, del Santo Grial desaparecido que concede el don de la inmortalidad y de los invencibles caballeros de la Tabla Redonda.

Kika escucha las palabras de su madre con los ojos brillantes de emoción.

¿Cómo es posible que nunca se le haya ocurrido la idea de trasladarse a la Edad Media por arte de magia?

A lo mejor es porque, en las historias medievales, las chicas casi siempre aparecen como tímidas damiselas o como princesas tontas que son raptadas por dragones y luego liberadas por príncipes más tontos todavía.

Y, como es lógico, eso no es para Kika...

¡Ella preferiría sacudirle en los morros a cualquier dragón, o darle unas clasecitas de esgrima a cualquier príncipe orgulloso!

—¿Existían los dinosaurios en la época de los caballeros? —pregunta Dani, arrancando a Kika de sus fantasías.

—¡Huy, no, qué va! —ríe mamá—. Además, los dinosaurios existieron de verdad, y los dragones solo son seres de leyenda.

—En la Edad Media ya hacía mucho que los dinosaurios se habían extinguido, Dani —explica Kika, y enseguida aprovecha para preguntar también—: ¿Cómo eran esas espadas? ¿Concedían fuerzas mágicas al guerrero que las empuñaba, o luchaban ellas solas, como guiadas por una mano fantasmal?

—Seguramente las había de las dos clases —responde su madre—. La más famosa de todas se llamaba *Excalibur,* la espada clavada en la roca. Muchos intentaron sacarla de ahí, pero en vano. Estaba encantada. Quien lograse extraerla de la piedra, se convertiría en rey.

—¿Y lo consiguió alguien? —quiere saber Dani.

—Claro que sí —contesta mamá.

—¿Y cómo se llamaba ese noble caballero? —pregunta Kika, entusiasmada con la historia de la espada mágica.

—Arturo —responde su madre—. Se han escrito muchos libros sobre esta leyenda. Son las historias del rey Arturo y los caballeros de la Tabla Redonda, de la espada *Excalibur* y del Santo Grial perdido. En la biblioteca hay cientos de volúmenes sobre ese tema.

Lo que más le apetecería a Kika en ese momento es irse corriendo a la biblioteca para consultar algunos de esos volúmenes, pero ha cerrado hace mucho rato.

Y tampoco hay forma de convencer a su madre para que siga contándoles cosas de esa espada...

Mamá quiere que Kika y Dani se vayan a dormir de una vez, así que Kika se marcha a su habitación.

Pero no para acostarse, ¡faltaría más!

Al fin y al cabo, en su pequeña biblioteca también tiene libros donde leer algo sobre la Edad Media...

Capítulo 2

Los libros de Kika hablan mucho sobre la forma de vida de los caballeros medievales, pero ni una palabra de espadas mágicas. ¡Porras!

Hum..., a lo mejor hay algo interesante en su libro de magia...

Pero justo cuando se dispone a sacarlo de su escondite, su padre aparece para darle el beso de buenas noches.

—Oye, papá: ¿tú sabes algo sobre espadas medievales? —le pregunta Kika.

—Pues... me temo que no —le confiesa él—. Nunca me han interesado demasiado las espadas, las luchas, ni todas esas manías guerreras. La Edad Media tiene cosas mucho más interesantes. Por ejemplo, en aquella época, los trovadores componían maravillosas poesías de amor que luego recitaban en voz alta.

—Pues a mí me gusta más lo de las espadas...

Tras desearle buenas noches, su padre sale de la habitación, y Kika aprovecha para sacar su libro de hechizos de debajo de la cama.

Pero en él tampoco encuentra nada sobre espadas mágicas. ¡Rayos!

—No voy a tener más remedio que ir allí en persona para informarme —musita.

No necesita pensar mucho para saber cómo trasladarse a la Edad Media: ¡con el «Salto de la bruja»! Ha utilizado ya tantas veces esa fórmula mágica para viajar por el tiempo, que se la sabe de memoria.

Lo malo es que, para dar el «Salto de la bruja», necesita un objeto de la época que desea visitar, y conseguirlo no es fácil...

Pero Kika ha superado ya obstáculos más peliagudos, como cuando viajó al salvaje Oeste, o a un barco pirata..., y hasta a la tumba de un faraón de Egipto. ¡Esta aventura fue la mar de terrorífica!

A Kika se le ocurre una idea: un día, su tía Elisa le enseñó un doblón de oro medieval. Lo compró en una tienda de antigüedades, y luego encargó a un joyero que le hiciera un agujero para poder llevarlo colgado del cuello con una cadena.

¡Solo tiene que conseguir que tía Elisa le preste ese colgante para su viaje!

Kika ya se ve luchando en torneos caballerescos, asistiendo a bailes en la corte del rey, venciendo a dragones que escupen fuego por la boca...

Pero... ¿qué cosas habrá que llevarse para emprender una aventura caballeresca? Seguro que un mechero sería de gran utilidad; en la Edad Media no existían, y con él podría darse pisto entre los cortesanos... Además, en caso de encontrarse con un dragón, ¡podrían echar una competición de llamaradas!

Kika anota sus ocurrencias en una lista de viaje.

—Para cuando llegue el momento de partir, seguro que es mucho más larga —dice doblando la lista con cuidado antes de guardarla debajo de la almohada.

Está decidido: el próximo sábado intentará viajar otra vez en el tiempo.

Y, emocionada con la idea, Kika por fin se queda dormida.

Al día siguiente, Kika saca de la biblioteca pública un libro con la historia de *Excalibur,* y lo que es todavía más importante: el sábado por la mañana consigue que tía Elisa le preste el colgante con el doblón de oro, después de prometerle que lo cuidará mucho.

Kika comenzará esa misma noche su gran aventura.

Su lista secreta de viaje ha aumentado: ha añadido una fórmula mágica para conseguir un vestido de princesa. ¡En caso de que la inviten a alguna fiesta, no quiere presentarse con una simple camiseta de algodón!

La tarde del sábado se estira igual que un chicle... ¡Parece que nunca va a acabar!

Kika la pasa muerta de impaciencia hasta que al fin llega la noche.

Después de que sus padres le den las buenas noches, Kika salta de la cama y pega la oreja a la puerta de su cuarto hasta asegurarse de que todos duermen.

Entonces prepara su mochila: un mechero, el pequeño extintor que guardan en el garaje, la fórmula mágica para conseguir el traje de princesa y su ratoncito de peluche —que no debe olvidar bajo ningún concepto— para garantizar su regreso seguro con el «Salto de la bruja».

También activa la alarma de su reloj de pulsera para recordar puntualmente la hora de regreso, y lo guarda en la mochila.

¡Un reloj llamaría demasiado la atención en la Edad Media!

A continuación, aprieta el colgante del doblón contra su pecho y musita la fórmula mágica para viajar en el tiempo.

Le pesan los párpados, se le cierran los ojos... El suelo parece hundirse... Se siente muy ligera...

Cuando vuelve a notar tierra firme bajo sus pies, se encuentra en una especie de bóveda subterránea. Tan solo un rayo de luz penetra por la delgada ranura de una ventana situada justo debajo del techo. Desde allí le llega un sordo rumor de voces muy alteradas. Pero no logra entender lo que gritan...

Cuando se dispone a inspeccionar la estancia, Kika tropieza con algo, y por mucho que intenta mantener el equilibrio, acaba cayendo de espaldas justo dentro de una gran caja de madera abierta.

La tapa de la caja está lujosamente adornada, y Kika comprende en el acto que se trata de un arca para guardar tesoros. Ahora está vacía, pero seguro que su doblón de oro procede de ahí.

¡Si lo supiera tía Elisa! Lástima que no pueda contárselo...

Kika se incorpora rápidamente.

Sus ojos se han acostumbrado a la escasa luz, y acaba de descubrir una puerta de madera al fondo de la oscura estancia.

Avanza corriendo hasta ella, pero, como era de esperar, está cerrada a cal y canto, y no hay forma de abrirla desde dentro.

A su alrededor, en las paredes, se ven estantes con vasos, platos, lujosos candelabros..., y también las distintas partes de una armadura, pulidas y relucientes.

Kika no puede resistir la tentación de ponerse un yelmo con lujosos adornos y una capa de rico terciopelo rojo.

Pero todo le queda muy grande, y el yelmo se bambolea de un lado a otro a cada movimiento de su cabeza. Además, pesa demasiado, y Kika se lo quita enseguida.

Al volver a dejar el yelmo en su estante, Kika repara en que no tiene ni rastro de óxido.

—¡Increíble! —susurra la niña—. Este chisme está bañado en oro, o puede que sea de oro puro... ¡Normal que pese tanto!

Kika sabe por sus libros que esas armaduras tan lujosas no estaban destinadas al combate, sino que solo se llevaban en ocasiones muy especiales, generalmente en celebraciones.

En el mismo estante descubre un peto y una casaca de cuero con un sencillo cinturón. Estas prendas son más pequeñas.

«¿Pertenecerán al escudero de algún caballero?», piensa Kika mientras se las prueba. Todo le sienta como hecho a medida.

Para terminar, se pone un sombrerito adornado con una pluma, y contempla su reflejo en la armadura dorada.

—¡Solo me falta el arco para parecerme a Robin Hood! —dice sacando pecho, llena de orgullo.

En ese instante, oye cómo alguien está abriendo la puerta desde fuera. Kika se queda un momento sin respiración, pero enseguida reacciona a la velocidad del rayo. Se mete de un salto en el arca del tesoro y se tapa con la capa de terciopelo rojo.

Cuando por fin se descorren los numerosos cerrojos, la puerta se abre con un crujido.

—¡Venga, deprisa, apilad los tapices en ese rincón! —ordena una profunda voz de hombre—. Aquí estarán a salvo de las llamas.

—¿Y qué pasará con los cuadros de la sala de ceremonias? —pregunta una mujer.

—¡Tienes razón! ¿Cómo he podido olvidarlos? —dice el hombre—. Seguro que los retratos de sus antepasados son más valiosos que cualquier otra cosa para nuestro estimado señor. ¡Vamos, pongámoslos a salvo!

—¡Socorro, auxilio! —oye gritar Kika a una tercera voz.

Alguien acaba de entrar como una tromba en la estancia.

—¡Socorro! ¡Ha sucedido algo terrible! ¡La cadena! ¡Está arrancada!

—¿Qué cadena? —pregunta el primer hombre—. Tranquilízate y cuenta qué ha ocurrido.

—La cadena del pozo... ¡está arrancada! ¿Cómo vamos a sacar el agua? El cubo se ha quedado en el fondo y no podemos subirlo sin ella. ¡Y eso no es todo! El torreón del castillo se ha incendiado. Las llamas ya devoran la escalera, y arriba, en lo más alto, están los niños y las ancianas.

»¡Y nosotros sin agua! ¡Van a abrasarse! ¡Es espantoso!

Kika no vacila ni un instante. Le da igual que la descubran o no.

Coge su mochila y de un salto sale de su escondite, sube como una bala las escaleras del sótano y cruza corriendo el patio del castillo.

Allí tiene que esquivar los proyectiles que lanzan desde fuera, por encima de las murallas. A veces incluso pasan volando piedras envueltas en trapos ardiendo.

Dos casitas situadas junto a las murallas del castillo ya son pasto de las llamas. La gente intenta apagar el fuego a escobazos.

Kika ve brotar densas nubes de humo negro por las estrechas ventanas del torreón del castillo. Ante él se ha congregado un grupo de personas que miran impotentes hacia lo alto.

Y es que, en la cima del torreón, un montón de niños y ancianas desvalidos les hacen señas con las manos.

—¡Vamos, saltad! —grita alguien desde abajo.

—¡Ni se os ocurra! —vocifera otro—. Desde esa altura, sería una muerte segura.

—¡Auxilio! —resuena desde arriba.

Cuando Kika llega al pie del torreón, un hombre sale de allí tosiendo y jadeando.

—Es demasiado tarde... —dice el hombre—. Hacia la mitad de la torre hay un muro de fuego. Nadie puede atravesarlo y salir de ahí con vida.

Kika se desliza junto al hombre y comienza a subir las escaleras.

—¡Es inútil! ¡Detente! —le grita el hombre.

Pero ella no le escucha. Un olor acre sale a su encuentro, y el calor aumenta.

Kika saca el pequeño extintor de la mochila, se tapa la boca y la nariz con un pañuelo y continúa subiendo con gran esfuerzo. En el colegio ha aprendido que, en estos casos, hay que dirigir el extintor exactamente al foco del incendio. Pero eso es más fácil de decir que de hacer...

Acercarse al fuego exige mucho valor, y el mar de llamas está descontrolado.

Sin embargo, las víctimas indefensas de lo alto del torreón hacen que Kika se olvide de su miedo. Quita el seguro al extintor, llena de aire los pulmones, se acerca más a las llamas y apunta directamente al fuego.

Luego, todo sucede muy deprisa. Desde abajo, la gente observa cómo, de repente, el humo negro que brota de las ventanas se vuelve blanco.

El extintor apaga las llamas en el acto y, poco después, Kika acompaña escaleras abajo a los niños y a las ancianas.

Los liberados son recibidos entre abrazos y sollozos.

Todos están muy contentos y apenas dan crédito a su salvación.

Pero nadie da las gracias a Kika...

Más bien la contemplan con algo de desconfianza.

—Transformó el humo negro en blanco y apagó el fuego por arte de magia... —cuchichea la gente y, cuando Kika se sacude el hollín de sus ropas en el patio, retroceden asustados.

Solo un hombre muy anciano se atreve a aproximarse a ella. Viste una amplia y larga túnica, y tanto su pelo como su barba de color blanco le llegan casi a la cintura.

—Permíteme que me presente —le dice a Kika, tras una leve inclinación de cabeza—: Me llamo Merlín. Me agradaría conversar un rato contigo, pero antes... —se interrumpe para dirigirse a los presentes—: ¡Dejad ya de papar moscas! Mirad, ya vuelven a sacar agua del pozo. ¡Id a ayudarles!

La gente se aleja murmurando y, tras proveerse de cubos, se alinea formando una cadena humana para transportarlos llenos de agua hasta las construcciones en llamas.

—¿Qué te parece si nos retiramos a mi laboratorio? —Merlín vuelve a dirigirse a Kika—. Pronto habrán controlado el fuego, y mientras se sufre un asedio, poco se puede hacer, excepto esperar y charlar...

Kika sigue al hombre, y en su recorrido se asombra del gran número de casitas que hay dentro de las murallas del castillo. La de Merlín está algo apartada de los demás edificios.

—Justo al lado del cementerio —le explica el anciano, invitándola a entrar en una
casa baja que parece apoyarse en un roble
nudoso.

Merlín conduce a Kika escaleras abajo, hasta una estancia parecida a una cueva, cubierta de estanterías por todas partes. En ellas se apilan sartenes, cazuelas y cuencos de cristal, de plata y de barro cocido. En algunos recipientes borbotean y humean líquidos extraños, a pesar de no estar sobre llama o fogón alguno.

Encima de un pupitre se ve un libro abierto, el más descomunal que Kika haya visto jamás. Y apenas da crédito a lo que descubre después...

En ese mismo pupitre hay un candelabro sobre el que se posa un cuervo, tan inmóvil que Kika no sabría decir si está vivo o disecado.

El fuego encendido de una chimenea proporciona una luz fantasmal al lugar.

Cuando Kika repara en que el techo de la estancia está formado por el ramaje del enorme roble, se queda boquiabierta.

¡Se encuentra en un auténtico laboratorio de mago, y todo allí es justo como siempre había imaginado!

—Toma asiento —la invita Merlín.

Kika mira indecisa a su alrededor, pues hasta en todas las sillas que ve se apilan libros y recipientes variados.

—Ay, perdona... —se disculpa el mago con tono amable.

Tras desocupar un par de asientos, los acerca al fuego y ocupa uno de ellos, pero Kika prefiere acomodarse en el suelo, frente a Merlín.

Luego se quita el sombrerito, endereza la pluma chamuscada y por fin se presenta al anciano:

—Me llamo Kika.

Merlín asiente.

—Sí, enseguida descubrí que, pese a las ropas que llevas, no eres un chico. Dice mucho en tu favor que no hayas revelado esa circunstancia delante de todo el mundo. Bastante confundidos estaban ya por tus habilidades. Además, no sienten demasiada simpatía por las personas como tú, quizá por estupidez, quizá por ignorancia... Tú, como iniciada, seguro que lo comprendes. Déjame observarte mejor un momento...

Merlín echa un par de leños más a la chimenea y, en lugar de esperar a que prendan, con sus manos desnudas lanza un chorro de fuego que los inflama en un abrir y cerrar de ojos.

Kika siente un escalofrío. ¡Está sentada ante un mago de verdad!

Capítulo 3

—**A**hora puedo verte mejor —dice Merlín—. Bueno, dime: ¿con quién aprendiste el oficio?, ¿quién te tomó a su cargo?

Kika se ha quedado muda, y mira al anciano con los ojos abiertos como platos.

Este carraspea y prosigue:

—Vale, vale, te entiendo... Por favor, perdona mi necia curiosidad, pero es que... he visto cómo lograbas apagar ese fuego... Por desgracia, a la gente de nuestra condición solo se nos ha concedido la facultad de encenderlo, así que, cuando he visto de lo que eras capaz, se me ha ocurrido que acaso puedas ayudarnos...

—¿Ayudaros yo? —pregunta Kika, asombrada—. ¿Cómo?

—Bueno, ya has visto que estamos sufriendo un asedio. El Caballero Negro y sus hombres no dejan entrar ni salir a nadie del castillo. Incluso han conseguido cerrar nuestra salida secreta de emergencia. Se nos están acabando las provisiones, y hoy hasta han logrado lanzar proyectiles incendiarios por encima de las murallas.

—¿Y qué puedo hacer yo?

—Pues... ¿cómo lo diría? Yo nunca te había visto por aquí y, claro, me pregunto cómo has llegado al castillo... En fin, que... quien ha entrado, también puede salir... y... ejem... las personas como tú...

Merlín mira a su alrededor, como si quisiera cerciorarse de que nadie les escucha. Después se inclina hacia Kika y le susurra al oído:

—Por lo que sé, la gente de tu condición puede... —el anciano se acerca todavía más y murmura—: ... puede... *¡volar!*

—¿Es que no puedes hablar más alto, maldito charlatán? —exclama de pronto una voz estridente justo detrás de Kika.

Pero al volverse rápidamente, no ve a nadie. ¿Quién ha hablado? La verdad es que solo puede tratarse... ¡del cuervo!

Merlín se echa a reír y replica:

—No seas tan escandaloso, ¡o te retorceré el pescuezo!

—¡Bah, seguro que no te atreves! —sigue graznando la voz—. Porque entonces no tendrías a nadie que te leyese en voz alta tus encantamientos, ¡cegato, más que cegato!

—Por desgracia, tiene razón... —admite Merlín dirigiéndose a Kika—. Mis ojos ya no son lo que eran, y él me sirve de gran ayuda —no obstante, el mago contesta a gritos al cuervo—: ¡Cuidadito con ese pico, no vaya a transformarte en sapo!

—Un sapo no podría pasar las páginas de tu enoooorme libro de magia, ¡hechicero de pacotilla!

—Perdónale, por favor —le ruega Merlín a Kika—. Es un impertinente y siempre tiene que decir la última palabra, pero en realidad es un compañero leal.

—¡De compañero, nada!
—sigue despotricando
el cuervo—.
¡Un maestro
es lo que soy!
¡Un maestro!,
¿me oyes?
Habrase visto el, el...
¡el aprendiz de brujo este!

Tras darle la espalda al pájaro,
Merlín añade en voz baja:

—Lo mejor es que no le prestes atención.

—¿Qué andas cuchicheando con esa pavisosa? —rezonga el cuervo, y de un salto gigante aterriza entre Kika y el mago.

Merlín presenta a Kika al asombroso pájaro:

—Ella es una colega llamada Kika y...

—Pues la había tomado por un mozalbete presumido —le interrumpe el pájaro—.

¿Y bien? ¿Qué es lo que estabais cuchicheando?

—Estamos charlando, eso es todo —le explica Merlín con una sonrisa—: De esto y aquello, en fin..., de todo lo que hablan los colegas como nosotros.

—Vaya, vaya... ¡Chismes de magos! ¡Qué aburrimiento! —sentencia el cuervo con desdén—. En ese caso, al menos enciéndeme la vela para que pueda leer. Ayer encontré un capítulo interesantísimo que describe cómo convertir a un mago en caracol. De ese modo podría conseguir mi propio postre por arte de magia...

Merlín ríe de nuevo, señala el libro de magia y, con un gesto, indica a Kika que encienda la vela para el cuervo.

A Kika se le hace un nudo en el estómago... ¿Qué puede hacer ahora? ¡No quiere quedar mal delante del mago!

Pero cuando Merlín repite el ademán, enseguida recupera el dominio de sí misma
y, con mucho disimulo, desliza una
mano hacia el pequeño bolsillo lateral de
su mochila. Luego se dirige hacia la vela
y se inclina sobre ella.

Cuando vuelve a dejar libre la vista de la
vela para Merlín y el cuervo, esta arde
con una llama saltarina.

El mago asiente, satisfecho, y el cuervo vuela junto a la vela y comienza a pasar las hojas del libro de magia con el pico.

Kika y Merlín ya pueden reanudar su conversación sin ser molestados, y el mago prosigue:

—Bueno, como te he dicho, podríamos necesitar tu ayuda. Tú lograrías pasar junto a los soldados situados ante la puerta del castillo gracias a tu capacidad de ir a todas partes... bueno, tú ya sabes cómo...

—Bien —dice Kika—. Supongamos que pudiera hacerlo y saliera por la puerta del castillo sin que me detuvieran... ¿A quién tendría que pedir ayuda, entonces?

—Ese es el verdadero problema, porque no esperamos ayuda del exterior —responde Merlín—. Nuestro señor se encuentra muy lejos del país con sus mejores guerreros, y los condados de los

alrededores se han aliado con el Caballero Negro, que los ha sobornado con di-
nero robado de nuestro tesoro.

—Y, si no puedo buscar ayuda, ¿qué
debo hacer? —sigue preguntando Kika.

—Bueno, una posible solución sería que
lograses poner en fuga al Caballero Negro y a sus secuaces.

—Pero ¿cómo? ¿Qué podría hacer yo sola
contra el Caballero Negro y sus hombres?
¡Seguro que están armados hasta los dientes!

—Tendrías que librar un combate, un
combate singular..., como no se ha dispu-
tado desde tiempos inmemoriales.

—¿Un combate? ¿Yo? ¿Cómo?

—Con una espada... —Merlín se interrumpe, luego carraspea y prosigue en susurros—: ... Con una espada mágica que

te dará una fuerza sobrehumana. Una fuerza que nadie será capaz de resistir...

Kika se levanta de un salto y exclama:

—¿Una espada mágica?

—¡Chsssst! ¡No grites! —la tranquiliza Merlín—. Estos asuntos no debe conocerlos cualquiera. El lado oscuro de la magia tiene oídos por todas partes...

—¿Una espada mágica? —repite Kika bajando mucho la voz.

—*Excalibur.*

—Increíble... —musita Kika, y tiene que volver a sentarse porque le tiemblan las rodillas.

—Sea como fuere, tienes que decidirte deprisa. ¡El tiempo apremia!

—Pero yo... yo... —Kika busca las palabras—: ¡Yo jamás he luchado con una espada!

—Es una espada mágica. Puedes confiar en ella. Solo tienes que empuñarla.

—¿Y dónde está?

—*Ambrosius* te conducirá hasta allí.

—¿*Ambrosius*?

El mago hace un movimiento de cabeza en dirección al cuervo. Kika comprende, y suelta un silbido entre dientes.

—¿Estás dispuesta a intentarlo? —le pregunta Merlín.

—¿Qué otro remedio me queda? —se oye decir a sí misma.

—En ese caso, ¡no perdamos tiempo! —continúa el mago, y a continuación se dirige al cuervo—: Saldrás de viaje con Kika.

—¿Adónde?

—A... —el mago susurra algo al oído del cuervo, tan bajito que ni siquiera Kika llega a escucharlo.

El destino no parece agradar demasiado a *Ambrosius,* que enseguida protesta:

—¡Engendro de Satanás! ¡Aprendiz de mago! ¿Es necesario esto? ¡¿Tú sabes la horrible peste que hay en ese lugar?! La última vez que estuvimos allí, hace un par de cientos de años, el hedor del plumaje me duró días y días.

—Es necesario, pues nuestra valerosa amiga Kika va a buscar a *Excalibur* para liberarnos del asedio del Caballero Negro.

El cuervo se limita a soltar un breve graznido:

—*¿Excalibur?*

Parece tan impresionado por la propuesta de Merlín que se queda sin habla.

Con la cabeza ladeada, observa fijamente
a la niña.

—¿Querrás guiarla hasta allí? —le pregunta Merlín.

El cuervo asiente.

Merlín se dirige entonces al pupitre, moja
una pluma de cisne en un tintero y escri-
be una carta. Después enrolla el papel,
vierte encima unas gotas de lacre rojo
para pegar el rollo y se lo entrega a Kika.

—Cuando llegue el momento, sabrás quién es el destinatario de esta misiva...
—y, acariciándole la cabeza, añade—: Nuestro destino está en tus manos. Y ahora, ¡adelante!

Kika guarda el rollo de papel en su mochila y se dispone a partir.

Pero entonces Merlín pregunta:

—¿Dónde está tu escoba?

—¿Mi escoba?

—¡Vas a necesitarla!

—Ah, claro...

Kika comprende a qué se refiere el mago, y al mismo tiempo cae en la cuenta de que necesita un objeto adecuado para dar el «Salto de la bruja», un objeto que la lleve hasta el destino correcto. Aunque tuviera una escoba, no le serviría de nada.

Y el cuervo tampoco puede ayudarla...
¡Porras!

Kika empieza a darle vueltas a la cabeza,
pero *Ambrosius* no tarda en posarse de
un salto en su hombro para apremiarla:

—¿A qué esperas? ¡Echa a volar de una
vez, mocosa endiablada, antes de que
cambie de idea!

—He olvidado mi escoba en el patio del
castillo —se disculpa Kika para ganar
tiempo, y dirigiéndose al mago, prosigue—: Maestro Merlín, no deberías salir
conmigo. No es bueno que la gente nos
vea juntos... ¿Lo comprendes, verdad?

—Acaso tengas razón, querida colega. Y,
sin duda, no hace falta que te recuerde
que, por ese mismo motivo, no debes ser
observada cuando te eleves por los aires.
Seguro que por eso has escondido fuera
tu escoba...

—¿A qué viene tanta palabrería? Una escoba voladora... ¡Menuda ridiculez! —rezonga *Ambrosius,* atusándose las plumas con el pico—. Hay que irse de una vez, ¿o es que deseáis esperar a que se queme el castillo? ¡Vamos a buscar tu patético chisme volador!

Kika se despide de Merlín, que la sigue con la mirada.

Al llegar al patio del castillo, Kika ya ha urdido un plan.

No tarda en hacerse con una escoba cualquiera, para guardar las apariencias ante *Ambrosius.* Quién sabe si le servirá para algo... Pero lo más importante es que recoge disimuladamente una de las piedras que han lanzado como proyectiles por encima de la muralla.

Ahora solo tiene que buscar un rincón a salvo de miradas curiosas.

—Súbete a mi hombro y agárrate bien —le recomienda al cuervo.

—¡¡¿No pretenderás explicarme cómo se vuela, verdad?!! —replica el pájaro, ofendidísimo.

Y apenas puede decir nada más, porque un instante después, ambos aterrizan fuera de la muralla.

Ambrosius, muy impresionado, reconoce:

—¡Por todos los pámpanos y archipámpanos...! ¡Esto es lo que yo llamo volar!

Kika mira a su alrededor.

Tras ella se extiende el recinto de la fortaleza, y delante, un espeso bosque. Rápida, se tira al suelo. La hierba alta y los arbustos evitarán que los hombres que acampan ante las puertas de la muralla la descubran.

Los sitiadores parecen sentirse muy seguros; ni siquiera llevan puestas sus armaduras de caballero. Solo los hombres que se encuentran más cerca de la muralla llevan sus yelmos, y Kika sabe que esto se debe a que esperan que les arrojen agua o brea hirviente desde arriba.

Algo apartados de la pesada puerta del castillo, unos cuantos hombres se ocupan de cargar una enorme catapulta con piedras. Esta máquina de madera les permite lanzar proyectiles muy pesados por encima de la alta muralla.

Pequeños fuegos arden justo al lado de la catapulta. En cazuelas ennegrecidas por el hollín, los hombres calientan aceite hasta hacerlo hervir.

Kika observa cómo empapan trapos en ese aceite hirviendo, cubren una gran piedra con ellos, cargan en la catapulta el proyectil y le prenden fuego. Después, con un rugido, una nueva bola de fuego vuelve a pasar silbando por encima de las murallas.

Sin embargo, la mayoría de los sitiadores permanecen ociosos, tumbados al sol. Algunos incluso juegan a los dados.

Kika se fija en un hombre muy alto con una cota de malla que, con una sonrisa siniestra, derriba de un violento puñetazo a uno de sus compañeros de juego.

—¿Quién te ha dado permiso para ganarme? —le oye decir con voz atronadora.

—Ese es el Caballero Negro —grazna *Ambrosius*—. Venga, continuemos nuestro vuelo. Ya nos ocuparemos de él después.

Kika sabe de sobra que no puede seguir al cuervo con el «Salto de la bruja» para llegar a su destino.

Y de pronto se le ocurre una idea...

Se aprovechará del descuido de los sitiadores.

Los caballos de los soldados pastan tranquilamente, sin la menor vigilancia, y como Kika va a clases de equitación con su amiga Mónica, está acostumbrada a tratar con esos hermosos animales.

Desde su posición, distingue perfectamente qué caballo es el más indicado para su plan: un corcel negro de sedosas crines y con una estrella blanca en la frente. Es también el que más le gusta.

—La mejor defensa es un buen ataque...
—murmura Kika mientras se acerca sigilosamente a los animales.

El cuervo comprende en el acto su plan, aunque no muestra el menor entusiasmo:

—¿Por qué no utilizas tu escoba voladora en lugar de agenciarte un jamelgo?

Kika le explica: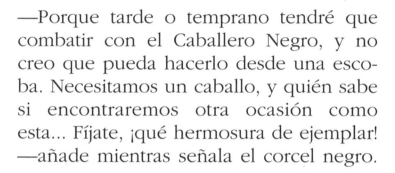

—Porque tarde o temprano tendré que combatir con el Caballero Negro, y no creo que pueda hacerlo desde una escoba. Necesitamos un caballo, y quién sabe si encontraremos otra ocasión como esta... Fíjate, ¡qué hermosura de ejemplar! —añade mientras señala el corcel negro.

—¡Bien por la marisabidilla! —la elogia el cuervo.

Mientras Kika avanza hacia los animales, *Ambrosius* no se queda inactivo... Vuela hacia los caballeros enfrascados en el juego y les birla uno de los dados. Como es natural, los jugadores se abalanzan sobre él mascullando terribles maldiciones.

En lugar de
huir volando
con su botín,
Ambrosius se aleja hacia
la puerta del castillo.

Los hombres corren tras él, y en cabeza
va el Caballero Negro, soltando sapos y
culebras por la boca. ¡No se dan cuenta
de que, a sus espaldas, una damisela peli-
rroja sale disparada en dirección al bosque
a lomos del más brioso de sus caballos!

Ambrosius desempeña su papel a la per-
fección. De cuando en cuando levanta el
vuelo un instante, lo justo para ver cómo
Kika desaparece en la espesura. Y tras
volar un poco más, deja caer el dado de
forma que todos lo vean y se esfuma también en dirección al bosque.

Ninguno de los hombres se interesa más por él, y el Caballero Negro estalla en ruidosos alaridos de triunfo por ser el primero en encontrar el dado.

Poco después, *Ambrosius* alcanza a su compañera.

—¡Lo has hecho genial! —le alaba Kika.

—¡Bah..., ha sido pan comido! —responde el cuervo atusándose el plumaje—. Al fin y al cabo, uno de mis antepasados fue cuervo de batalla en la corte del rey.

Kika esboza una sonrisa. ¿Cuervo de batalla? ¡En sus libros no decía nada de eso!

Tras comprobar que nadie les persigue, Kika desmonta para desplegar un fardo de tela que ha encontrado en el suelo, junto al caballo, y descubre que se trata de una manta de caballería negra y de una especie de capucha, también negra, para el corcel.

—Todos los jaeces son negros... —silba entre dientes—. Por lo visto, he robado la montura del mismísimo Caballero Negro. Vaya, vaya... ¡La cosa se anima!

Rápidamente, lo oculta todo detrás de un arbusto, monta de nuevo y le pregunta a *Ambrosius* qué dirección deben tomar.

—Sígueme —es la respuesta del cuervo, y echa a volar.

Kika cabalga tras él. Su elección del caballo ha sido realmente magnífica.

Cuando llegan a una llanura, después de una hora larga de rápido galope, el animal parece tan fresco como una lechuga.

Ambrosius se posa en una piedra para descansar un poco, y señala hacia lo lejos con su pico:

—¿Ves esa montaña solitaria que se alza en el horizonte? Solo unos pocos conocen el secreto que guarda... ¡Procura estar alerta!

Kika palmea el cuello de su caballo y salen al galope en la dirección indicada. La montaña parece volar hacia ellos. A medida que van aproximándose a ella, Kika repara en que su base está cubierta por una frondosa vegetación, y que de su cima asciende una fina nube de humo.

—¡Un volcán! —exclama.

Pronto llegan al pie de la montaña. Tras cabalgar un breve trecho cuesta arriba, Kika decide atar el caballo y dejarlo allí, pues la escarpada ascensión se vuelve más fatigosa y arriesgada a cada paso.

No tarda en percibirse un fuerte olor a azufre. El cuervo parece malhumorado, vuela solo unos metros por delante y se detiene a descansar cada dos por tres.

—¿No crees que ha llegado el momento de contarme el secreto de la montaña? —le pregunta Kika.

—Primero, puedes olerlo, y segundo, vas a verlo enseguida...

—Bueno, ¡ya está bien de tenerme sobre ascuas! —insiste Kika.

—¡Qué mala suerte! —refunfuña el pájaro—. Por lo mal que huele, debe de estar a punto de escupir fuego otra vez. A lo mejor puedes convencerle para que no lo haga, al menos hasta que nos vayamos.

»Eso sí: no te recomiendo utilizar la brujería, como hiciste en el torreón del castillo. Aquí actúan fuerzas que superan con creces la comprensión nigromántica.

—No creo que yo sea capaz de convencer a un volcán para que deje de escupir fuego... —replica Kika.

☆

—¿Un volcán? ¡Serás inocentona...! —grazna el cuervo con una risa maliciosa—. ¡Un volcán no es nada comparado con lo que te espera! Voy a asegurarme de que no sea demasiado peliagudo para ti...

Dicho esto, *Ambrosius* se aleja volando.

Pero Kika no está dispuesta a esperar de brazos cruzados a que vuelva a buscarla, y decide seguirle.

¿Será el esfuerzo de la subida, o quizá el miedo a lo desconocido lo que hace que su corazón lata desbocado?

Capítulo 4

La verdad es que Kika se imagina lo que le espera en la cima de la montaña..., y quiere cerciorarse cuanto antes.

Sin esperar el regreso del cuervo, camina a grandes zancadas monte arriba sin descanso. Cuanto más asciende, más fatigoso se vuelve el camino. Hace mucho rato que ya no se atreve a volver la cabeza, pues la vista hacia abajo da auténtico vértigo. Desde esa altura solo se ven algunos restos de árboles carbonizados.

Mirando al frente, pues, va agarrándose a la hierba, o a restos de raíces, para ayudarse a subir.

—¡Bravo! ¡Casi lo has conseguido! —grazna de pronto una voz por encima de su cabeza.

Es *Ambrosius*.

—Le he explicado que su hedor es insoportable para las delicadas narices de una niña como tú, y él me ha prometido contenerse —le informa el cuervo.

—Vaya, ¡qué amable! —comenta Kika con sorna, entre resoplidos por el esfuerzo de la subida.

—Vamos, vamos... Él está ansioso por conocerte, así que date prisa.

Poco después, Kika llega a la cima. Se trata de una planicie circular con el suelo completamente quemado. No se ve ni una brizna de hierba, tan solo guijarros.

Casi enfrente, al borde de la planicie, se amontonan unas rocas de mayor tamaño.

Desde su centro, una afilada punta roco-
sa apunta muy recta hacia el cielo.

Kika mira a *Ambrosius*.

—¿Y ahora, qué? —le pregunta, descon-
certada.

El cuervo señala el pico rocoso con la cabeza y Kika se dispone a seguir su indi-
cación.

Pero apenas se ha puesto en movimiento,
un tremendo chorro de fuego sale dispa-
rado hacia ella.

Rápida de reflejos, se arranca la mochila
de la espalda y saca el extintor.

Y es entonces cuando recuerda la adver-
tencia de *Ambrosius*... ¡Nada de «magia»!

Haciendo de tripas corazón, respira profundamente y avanza muy despacio hacia
las rocas, aunque sin dejar de empuñar el
extintor, por si acaso.

¡FUFFFF!, resuena entonces, y desde el montón de rocas asciende una pequeña nube de humo cuya peste casi la deja sin aliento.

Sin embargo, Kika no retrocede. La idea de sostener entre sus manos la espada mágica *Excalibur* la impulsa hacia delante.

Pero... ¿¿¿eso qué es???

¡Lo que ve le produce escalofríos!

Una de las rocas... ¡se ha movido!

Al principio de forma casi imperceptible, después cada vez más... hasta que, al final, cambia totalmente de posición en el suelo, como si estuviera...

¿... Viva?

—¡Un dragón! —musita Kika con profundo respeto.

—Tienes que hablar más alto; mis oídos ya no son lo que eran. Aproxímate para que pueda verte. La última vez que vi a una joven fue hace una eternidad...

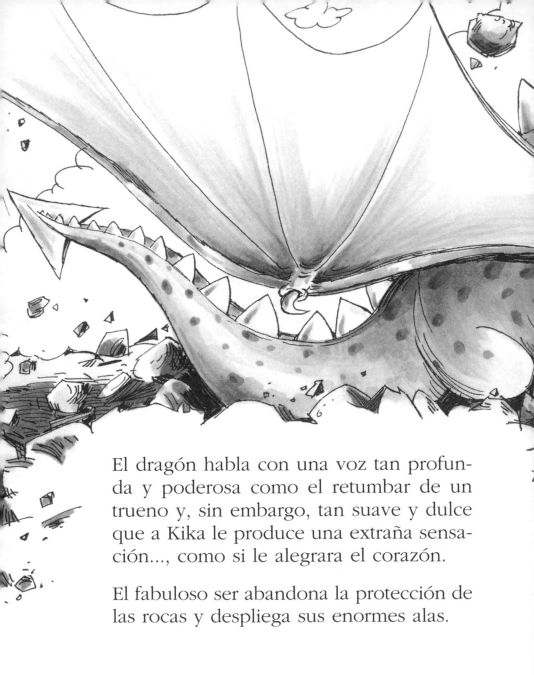

El dragón habla con una voz tan profunda y poderosa como el retumbar de un trueno y, sin embargo, tan suave y dulce que a Kika le produce una extraña sensación..., como si le alegrara el corazón.

El fabuloso ser abandona la protección de las rocas y despliega sus enormes alas.

Su impresionante aparición ha puesto la carne de gallina a Kika.

—Honorable *Ambrosius* —dice el dragón—: Disculpa mi pequeño eructo de antes, pero estaba tan arrobado por esta jovencita que se me ha escapado... ¡Llevo siglos sin recibir la visita de una dama!

Kika está admirada.

 Pese a no haber visto jamás un dragón, ¡es igualito a como se lo imaginaba!

Hasta el color verde oscuro de su piel y su larga cola acabada en punta responden justo a su idea.

Lo único que no se esperaba es que un dragón de los que escupen fuego tuviera unos ojos tan amistosos y una voz tan cálida y agradable...

También se siente cautivada por las pequeñas escamas doradas repartidas por su corpachón, y por sus brillantes garras de color oro.

¡Hasta alguno de sus afiladísimos dientes lanza destellos dorados!

—Es para mí un gran honor conocerte —le dice Kika, a la vez que procura hacer una galante reverencia cortesana.

—Oh, qué modales tan finos... —ronronea el dragón, entusiasmado—. Y cuán garbosos movimientos... Eres, sin duda, una elegante dama.

—Dama, dama... —grazna *Ambrosius*—. Pero mírala bien, hombre. ¿Es ese el aspecto de una dama? Con las manos sucias, las uñas rotas, esos pelos... ¡y esa indumentaria!

—¡Calla, *Ambrosius!* —le interrumpe el dragón—. Quien de ese modo ofende a una dama con esa clase de comentarios, se arriesga a que le chamusquen la cola...

Como es natural, Kika desea caerle bien al dragón, entre otras razones... ¡para conseguir la espada mágica! Así que retrocede unos pasos y le ruega:

—Por favor, discúlpame un momento.

Saca la notita del bolsillo de su pantalón, murmura unas palabras, como si fueran un trabalenguas, y... ¡PATAPUM!

¡Ahora luce un maravilloso traje de gala, al más puro estilo medieval!

El dragón, complacido, murmura con voz dulce:

—¿Qué dices ahora, *Ambrosius?* Mi huésped no es una dama... ¡sino una princesa! Habría que ensalzarla con una poesía trovadoresca. Un momento...

El dragón carraspea, se lleva una garra al pecho y empieza a cantar.

¡PATAPUM!

Estoy encantado
y hasta me he atragantado,
pues vuestro garbo
me ha descolocado.

—Oh, no, pero... ¿qué estoy diciendo? Disculpadme, por favor... La presencia de una dama tan bella me aturulla por completo. Lo que yo quería decir era lo siguiente:

Estoy fascinado

y pierdo el sentido,
pues vuestra belleza

me tiene rendido.

—¡Menuda sarta de memeces! —gruñe el cuervo—. A ver si, con tanta fascinación, se te acaba escapando otro eructo de fuego... ¿Es que el calor te ha secado el cerebro, lagarto con alas? ¡Ella ha conseguido ese vestido por arte de magia! *¡De-ma-gia!*, ¿comprendes? ¿O es que no eres capaz de distinguir a una bruja de una princesa?

—¡Dejad de pelearos! —exclama Kika, y dirigiéndose al dragón, le propina unos golpecitos en el cuello, como se hace con los caballos.

¡La verdad es que es una auténtica monada!

El dragón, encantado con las caricias, menea de un lado a otro su enorme cabezota y pregunta:

—¿Querrías hacerme el honor de acompañarme a un baile de dragones? Allí acu-

den muchos de mis colegas, acompaña-
dos por sus princesas, aunque debo re-
conocer que la mayoría de ellos las han
raptado. Si vinieras voluntariamente conmigo me harías tan dichoso... —el dragón
suspira profundamente, como si estuviera
a punto de...

Pero *Ambrosius* se le anticipa:

—¡Ni se te ocurra escupir fuego!

Kika acaricia la piel del dragón y dice:

—Acepto tu invitación encantada, pero
seguro que *Ambrosius* te ha informado
del asunto urgentísimo que nos ha traído
hasta aquí. ¡Muchas personas dependen
de nuestra ayuda!

Entonces saca de su mochila la carta de
Merlín y se la entrega al dragón. Este se
enfrasca en su lectura y, a medida que
avanza, la expresión de su rostro va trans-
formándose.

Mira a Kika muy serio durante un buen rato, y al fin dice:

—Malas noticias del sabio anciano Merlín... Bien, no hay tiempo que perder. Demasiadas personas corren grave peligro. ¡Venid!

Conduce a Kika y *Ambrosius* detrás del montón de piedras, donde se oculta la entrada de su profunda cueva.

Y allá, en el fondo de la gruta, tan brillante como el oro y, sin embargo, tan sencilla...

... La espada mágica *Excalibur*.

Kika se queda paralizada. Ahí está la espada que confiere inmensos poderes al que la empuña. La espada de la que se seguirá hablando dentro de muchos siglos...

Nota que sus rodillas flaquean, y se le forma un nudo muy grande en la garganta.

—Es... increíble —musita.

—Cógela —la invita su guardián, el dragón—. Jamás le hubiera confiado *Excalibur* a una niña, pero el buen Merlín me asegura que eres la persona adecuada. Debo, y quiero, confiar en ti.

Kika no se lo hace repetir. Se aproxima a la espada..., vacila un momento..., traga saliva...

—¡Coge de una vez ese maldito chisme y larguémonos de aquí! —grazna *Ambrosius*—. Ya has oído lo que ha dicho el dragón: ¡el tiempo apremia!

Kika mira al dragón, aún indecisa, y este la anima con una inclinación de su cabezota.

Entonces roza la espada cuidadosamente y la levanta con cautela.

Al principio pesa mucho, pero cuanto más tiempo la sostiene en la mano, más ligera va pareciéndole.

—No perdáis tiempo. La situación es grave —dice el dragón—. Y tú, Kika, ¡muéstrate digna de la espada! No la manches de sangre innecesaria. Ella no conoce el bien ni el mal; solo sirve a quien la maneja.

»Si el lado oscuro del poder llegara a hacerse con ella, el mal vencería para siempre. Por eso, jamás la sueltes de tu mano. ¡A ti sola la he confiado!

Kika siente cómo un escalofrío recorre su espalda.

Se limita a asentir en silencio, y esta vez calla hasta *Ambrosius*.

A continuación, se deshace de su vestido de gala con decisión. No sería más que un obstáculo en un combate.

Con las prendas de cuero que lleva debajo se siente mucho más a gusto.

—*¡¡¡Excalibur!!!*—exclama a los cuatro vientos mientras alza la espada mágica, y sus ojos relampaguean de orgullo.

—¡Muy bien! —responde satisfecho el dragón—. Tráemela de nuevo en cuanto hayas cumplido tu misión.

—Honraré tu espada
y te la devolveré,
tan cierto como que
me llamo Kika.

—¡Y ahora, vamos
a darle un
repasito a ese
Caballero Negro!
—grita *Ambrosius,*
y echa a volar
a toda pastilla,
ávido de gloria.

El camino cuesta abajo
es más fácil y rápido que la fatigosa subida.

Poco después, Kika regresa al castillo a galope tendido.

Ya desde la lejanía divisa cómo los sitiadores han comenzado a tomar la fortaleza al asalto. ¡Esos bandidos hasta se han construido un ariete! Una y otra vez arremeten con él contra la puerta del castillo, que cruje siniestramente tras cada embestida.

—No aguantará mucho tiempo... —murmura Kika—. ¿A quién se le ocurre no tener un puente levadizo?

—¿Puente levadizo? —se extraña el cuervo.

—¡Pues claro! Si el castillo tuviera un foso lleno de agua a su alrededor y un puente levadizo para acceder a la puerta, los enemigos no lo tendrían tan fácil —intenta explicarle Kika.

Pero enseguida se da cuenta de que el cuervo sigue sin comprender, y se le ocurre que, en la época a la que ha ido a parar, quizá no se han inventado todavía los puentes levadizos.

Bueno, da igual. No es momento de largas explicaciones. ¡Es hora de actuar!

Sin haber urdido siquiera un plan de ataque, Kika espolea su caballo y se abalanza sobre los sitiadores.

Ansiosa por entrar en acción, blande a *Excalibur* por encima de su cabeza mientras prorrumpe en salvajes alaridos guerreros que recuerdan más a un indio apache que a un caballero medieval antes de la batalla.

Pero surte efecto: los hombres dejan caer el ariete en el acto, aunque no por respeto, o por miedo..., ¡sino porque se quedan patidifusos!

No pueden creer lo que están viendo...

¡Un pequeño escudero tiene la osadía de arremeter contra un montón de caballeros curtidos en cien batallas!

Sin embargo, uno de ellos reacciona en cuanto se da cuenta de que ese mozalbete viene montado nada menos que en su caballo.

—¡Atrás todos! —vocifera el Caballero Negro, al tiempo que le arrebata la lanza a uno de sus hombres—. ¡Ese chiquillo desvergonzado es cosa mía! ¡Pagará muy cara la afrenta que me ha causado!

Pero, antes de que el Caballero Negro pueda siquiera coger impulso para lanzar su arma, Kika le deja atrás.

Tiene la vista puesta en el ariete.

¡Ese es su principal objetivo ahora!

Al momento, *Excalibur* empieza a silbar en el aire una y otra vez y, boquiabiertos de asombro, los hombres contemplan cómo su poderoso ariete es reducido a astillas en menos que canta un gallo.

¡Y eso no es todo!

Kika arremete contra la enorme catapulta. *Excalibur* zumba de nuevo en el aire y la despedaza como si fuera mantequilla.

Los caballeros comprenden en el acto que ahí hay gato encerrado...

¡Una espada normal no puede ser tan dura y afilada!

Cuando Kika hace girar su montura para abalanzarse sobre ellos, todos huyen en desbandada, aterrorizados.

También el Caballero Negro echa a correr, pero él no pretende huir..., sino aproximarse a los caballos.

Kika decide esperarle al pie de la puerta del castillo, orgullosamente erguida sobre su montura.

El Caballero Negro se enfunda a toda prisa su armadura de guerra.

Entre tanto, *Ambrosius* ha volado al castillo para informar de todo a Merlín.

Y así, muy pronto, todos los moradores de la fortaleza se apiñan en lo alto de las murallas para contemplar el singular combate que va a tener lugar en el exterior.

El Caballero Negro, con su lanza aferrada bajo el brazo, ya cabalga hacia su adversaria.

Entonces Kika oye gritar a alguien desde lo alto:

—¡Ten cuidado, te derribará de la silla!

—¿Derribarla, dices...? ¡Ensartarla con su lanza, eso es lo que va a hacer! —exclama otra voz.

El Caballero Negro continúa aproximándose, y se baja la visera del yelmo. Esto le hace parecer más amenazador todavía.

Al verlo acercarse, Kika no puede evitar sentir miedo. Incluso tiene la impresión de que *Excalibur* se vuelve cada vez más pesada en su mano. Aferra la empuñadura con pulso tembloroso, y entonces sucede...

¡Excalibur se le escurre de la mano y cae al suelo!

—¡Porras! —se desespera Kika.

—¡Nooo! —vociferan docenas de espectadores, horrorizados.

Kika desmonta de un salto para recuperar la espada. ¡Pero es demasiado tarde!

Oye el tronar de unos pesados cascos sobre el suelo polvoriento, divisa una sombra negra y se aparta a un lado de un brinco.

¡Ha sido de verdad en el último segundo, pues de lo contrario el Caballero Negro la habría pisoteado con su caballo!

Kika ha mordido el polvo.

A sus espaldas, la puerta del castillo, y ante ella, el Caballero Negro, que ríe con sorna. Para llegar hasta *Excalibur* tendría que pasar junto a él..., pero él desmonta, desenfunda su espada y camina con pesadas zancadas hacia la desarmada Kika.

Los demás hombres han regresado y se congregan alrededor de los combatientes, vociferando mientras contemplan el espectáculo.

Entre las gentes situadas en lo alto de la muralla cunde el pánico. Muchos apartan la vista, y los padres envían a sus hijos al patio para evitarles presenciar lo que está a punto de suceder.

Sin embargo, el Caballero Negro se detiene y anuncia a grandes voces:

—¡Se me ha ocurrido una idea! Quien ha tenido la osadía de robarme mi caballo, será ejecutado con su propia arma. Además, quiero echarle un vistazo más atento a esa espada... —y da media vuelta para recoger a *Excalibur*.

¡Oh, no!

Kika recuerda las palabras del dragón: «Ella no conoce el bien ni el mal; solo sirve a quien la maneja...».

Con la espada, ¡el Caballero Negro sería invencible!

Tiene que pensar en algo ahora mismo, o todo estará perdido...

Impulsada por la desesperación, Kika grita con todas sus fuerzas:

—¡Detente!

El Caballero Negro se queda tan perplejo que se detiene de verdad.

Entonces Kika camina valerosamente hacia él y exclama:

—¿Tan feo eres que no te atreves a mostrarme tu rostro? ¿O es que has cerrado la visera de tu yelmo para que no vea cómo te castañetean los dientes de miedo?

Silencio.

Todo el mundo contiene el aliento.

Nadie ha osado jamás hablar así al Caballero Negro.

—¿Cómo te atreves, miserable gusano? —truena él—. Abriré de buen grado mi visera para...

No puede seguir, pues apenas la ha abierto, Kika, veloz como el rayo, coge un puñado de arena y se lo tira a los ojos.

El Caballero Negro lanza un alarido de dolor y se arranca el yelmo para frotárselos.

¡Tiempo suficiente para que Kika recupere su espada!

Los espectadores del castillo jalean y aplauden, y entre los vítores, Kika oye la voz de Merlín:

—¡Tienes que confiar en *Excalibur!* ¡No dudes de ella!

Pero *Excalibur* pesa mucho en las manos de Kika...

—¡Confía en la espada mágica! —vuelve a gritar el mago.

Kika respira profundamente y acaricia la hoja del arma.

Al instante, nota que la espada se vuelve más ligera.

Entonces la alza en el aire y grita a los cuatro vientos:

—¡*Excalibur,* tú serás el juez!

La espada parece soldada a su mano.

—¡¡Cuidado!! —grazna una voz por encima de ella.

Menos mal que *Ambrosius* la ha avisado, pues Kika esquiva por los pelos la lanza que se aproximaba a ella por el aire y que en ese momento se hunde a su lado en la arena.

A galope tendido, el Caballero Negro se abalanza ahora contra Kika blandiendo su mangual, un arma terrible compuesta por tres cadenas terminadas en bolas con púas de hierro tan afiladas como cuchillos.

Kika se queda tan tranquila y deja que su atacante se acerque.

Los espectadores contienen el aliento.

En el último segundo, *Excalibur* silba en el aire, las cadenas del mangual se enroscan en la espada y, de un tirón, Kika arranca al jinete de su montura.

¡La fuerza que le confiere *Excalibur* es asombrosa!

El Caballero Negro rueda por los suelos mientras Kika se lanza contra sus secuaces.

Hace bailar su arma tan ferozmente ante los ojos de sus adversarios que estos retroceden muertos de miedo.

Sus armaduras entorpecen tanto sus movimientos, que acaban tropezando y cayendo, como si fueran bolos.

Veloz como el rayo, Kika se vuelve otra vez hacia el Caballero Negro.

Él desenfunda su espada y se protege con su escudo.

—¡Ella no tiene escudo, pobrecilla! —resuena una voz desde la muralla del castillo—. ¡La aniquilará sin piedad!

Pero Kika sigue avanzando sin vacilar hasta que puede mirar fijamente a los ojos del caballero.

Y comienza el duelo.

Ligera como una mosca, Kika se mueve alrededor de su adversario.

Su espada zumba tan rápido que el Caballero Negro apenas puede seguirla con la vista.

El metal golpea contra el metal y, de pronto, alguien pierde la parte inferior de su armadura...

¡El Caballero Negro, completamente derrotado, se ha quedado luciendo sus caballerescos calzoncillos!

Gracias a la espada *Excalibur,* Kika ha abierto artísticamente su armadura, como si se tratara de un abrelatas.

Los espectadores gritan y se retuercen de risa.

—*¡Excalibur!* —grita Kika, triunfal, alzando una vez más su arma.

Los vítores arrecian a sus espaldas, la gente abre las puertas del castillo y se acerca en tromba a la joven heroína.

El Caballero Negro y su séquito ponen pies en polvorosa lo más deprisa posible.

Merlín es el primero en reunirse con Kika:

—¡Gracias, muchas gracias, estimada colega! Ya sabía yo que tú eras la persona adecuada. ¡Es maravilloso cómo has cumplido tu misión, y sin derramar una sola gota de sangre! Todos nosotros te estaremos eternamente...

Un sonido por completo desconocido para el mago le interrumpe en plena frase.

Kika rebusca a toda velocidad en su mochila, aprieta un botón de su reloj de pulsera y la alarma destinada a recordarle su puntual regreso a casa enmudece al instante.

—¿Qué es lo que pía dentro de tu extraña bolsa? —quiere saber *Ambrosius*.

—Ejem... No tiene importancia... Cachivaches de bruja, ya sabes... —improvisa Kika.

Se despide rápidamente de Merlín, pues sabe que le queda muy poco tiempo para devolver la espada.

—Creo que todavía tengo mucho que aprender de ti... —musita el mago justo cuando Kika se evapora en el aire ante sus ojos.

Ambrosius insiste en seguirla, pero, como es natural, Kika se reúne con el dragón mucho antes que el cuervo, y aprovecha

para tirar disimuladamente al suelo la pie-
drecita que le ha permitido efectuar el
«Salto de la bruja».

El dragón de escamas doradas se alegra
mucho de ver a Kika sana y salva, y ella
le cuenta a grandes rasgos lo sucedido.

Pero su narración es interrumpida por
Ambrosius, que aterriza junto a ellos casi
sin aliento:

—¡Peligro! ¡El Caballero Negro! Me ha se-
guido con sus hombres. ¡Quiere la espada!
Lo siento mucho, no debí descuidarme...

—¿A qué distancia están? —pregunta el
dragón.

—Muy cerca..., ¡al pie de la montaña!

—En ese caso, es demasiado peligroso dejar la espada aquí... ¡Deprisa, Kika: súbete a mi lomo y agárrate bien!

A ella no le queda más remedio que obedecer, y tras contemplar preocupada su reloj de pulsera, murmura:

—No me queda ya mucho...

No es posible oír el resto, porque el dragón levanta el vuelo con un ruidoso aleteo.

No tarda en descubrir al Caballero Negro y a sus secuaces... ¡y les envía un cordial y «fogoso» saludo!

Kika ve a los hombres huir en todas direcciones, despavoridos.

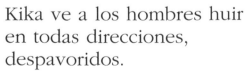

—¡Os está bien empleado! ¡Os vamos a quemar el trasero a todos! —grazna *Ambrosius* mientras se esfuerza por seguir el vuelo del dragón.

Este planea por la llanura y se introduce en un espeso bosque.

—Estamos en un lugar mágico. ¡Rápido, hunde a *Excalibur* en esa roca, Kika! —grita con un tono que no admite réplica.

Sin vacilar, ella coge impulso y, soltando un pequeño grito, clava la espada con todas sus fuerzas. La hoja penetra en la piedra como si fuera mantequilla.

—Y ahora... ¡atrás! —el dragón envuelve la espada en llamas hasta que se pone al rojo vivo, y a continuación murmura una fórmula mágica.

Los tres contemplan en silencio cómo la espada se enfría y recupera su antiguo color.

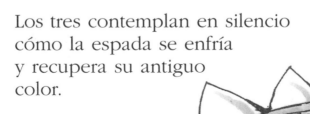

—Ahora está segura y solo
podrá ser extraída por aquel
que sea digno de ella.

—El rey Arturo... —musita Kika, y añade en voz alta—: ¡Cómo me gustaría poder conocerle! Pero ha llegado mi hora
y tengo que dejaros.

Tras palmear cariñosamente el cuello del
dragón, este carraspea, y Kika ve una lá-
grima en el rabillo de su ojo.

—¡Hasta pronto, amigo mío! ¡Volveré para que vayamos juntos a tu próxima fiesta de dragones, prometido!

Al despedirse, explica muy rápido a *Ambrosius* cómo se puede proteger un castillo mediante un foso y un puente levadizo.

—Bueno..., la verdad es que ya hace mucho tiempo que se me ocurrió esa misma idea —grazna el cuervo—. ¡Es un invento original de *Ambrosius!*

Kika sonríe, acaricia las negras plumas del pájaro y, a continuación, aprieta el ratoncito de peluche contra su pecho mientras murmura la fórmula del «Salto de la bruja».

Al poco rato aterriza en su cuarto, oculta a toda velocidad bajo la cama sus prendas de cuero y suelta un profundo suspiro.

Después coge el grueso libro que pidió prestado en la biblioteca.

El rey Arturo y los caballeros de la Tabla Redonda, dicen las letras doradas de la cubierta.

Lo abre por el primer capítulo, que cuenta cómo un joven llamado Arturo consigue extraer de la roca la espada mágica *Excalibur.*

Kika vuelve a cerrar el libro y musita con aire soñador:

—En realidad, yo también tendría que escribir un libro sobre *Excalibur...* ¡Soy la única que sabe cómo llegó la espada mágica a esa roca!

Truco caballeresco

«La bebida mágica
de Merlín»

Merlín regaló a Kika un misterioso rollo de pergamino en el que le explica nada más y nada menos que... ¡la receta de su bebida mágica!

Con ella se pueden amansar dragones, adormecer cuervos parlanchines e incluso apaciguar padres molestos por algún que otro suspenso. Pero... ¡¡cuidado!! Nadie sabe con exactitud qué más efectos puede surtir esta pócima...

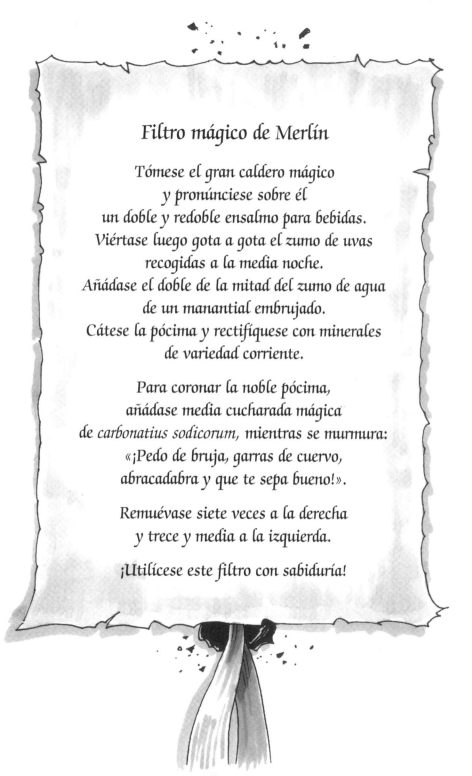

Filtro mágico de Merlín

Tómese el gran caldero mágico
y pronúnciese sobre él
un doble y redoble ensalmo para bebidas.
Viértase luego gota a gota el zumo de uvas
recogidas a la media noche.
Añádase el doble de la mitad del zumo de agua
de un manantial embrujado.
Cátese la pócima y rectifíquese con minerales
de variedad corriente.

Para coronar la noble pócima,
añádase media cucharada mágica
de *carbonatius sodicorum*, mientras se murmura:
«¡Pedo de bruja, garras de cuervo,
abracadabra y que te sepa bueno!».

Remuévase siete veces a la derecha
y trece y media a la izquierda.

¡Utilícese este filtro con sabiduría!

Kika ha simplificado un poco la receta.

Ella utiliza los siguientes ingredientes:

- Medio litro de zumo de uva.
- Medio litro de agua mineral.
- Una cucharadita de bicarbonato sódico (lo venden en farmacias).

Truco caballeresco

«El dragón mágico»

Si quieres hacerte un dragón volador mágico, igual que Kika, pliega un papel siguiendo las indicaciones de estos dibujos. Después píntale unos ojos, unos dientes terroríficos y... ¡que tengas buen vuelo!

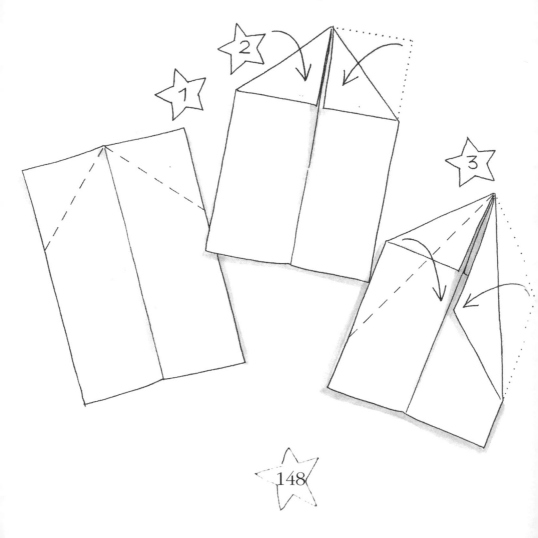

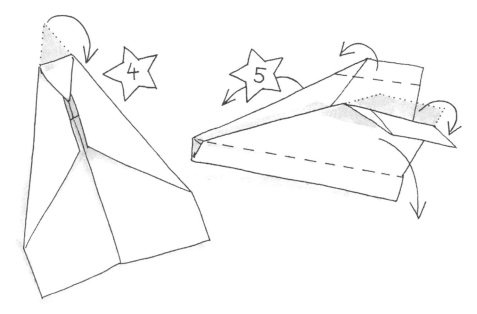

¡IMPORTANTE! Este dragón, bajo ningún concepto debe escupir fuego. ¡Es demasiado peligroso!

¡Hola!

Este que ves en la foto soy yo. Me llamo **Knister,** y soy el autor de las aventuras de Kika Superbruja.

Como siempre me ha gustado vuestro mundo, el de los chicos y chicas como tú, he escrito muchos libros y canciones para vosotros, y también obras de teatro.

Me encanta presentar programas de lectura en la tele, la radio, las bibliotecas, los teatros y las librerías de mi país (que, por cierto, es Alemania), y también disfruto mucho cuando realizo trabajos para chicos y chicas que son discapacitados psíquicos, o disléxicos, o ciegos..., todos ellos de tu misma edad.

Pero lo mejor de todo es cuando vosotros participáis conmigo en lo que hago, leyendo mis libros y compartiendo las aventuras de los personajes que los protagonizan.

En esta ocasión he querido presentaros a Kika Superbruja. Como es una bruja supersecreta, me costó bastante que me explicara sus trucos de magia, pero al final lo conseguí. Aunque..., no sé por qué, pero me da la impresión de que Kika Superbruja no me ha contado todos sus supersecretos... ¡y a lo mejor todavía le quedan unos cuantos hechizos guardados en la manga!

Índice

Pág.

Capítulo 1   13

Capítulo 2   39

Capítulo 3   65

Capítulo 4   97

Trucos caballerescos

Pág.

«La bebida mágica de Merlín» 143

«El dragón mágico»   147

Los libros de KNISTER

Especial Navidad

KNISTER

KiKA Superbruja

Ideas mágicas para manualidades, juegos y regalos

Bruño

Especial Cumpleaños

KNISTER

KiKA Superbruja

Ideas mágicas para hacer fiestas, disfraces y juegos

Bruño

KiKA Superbruja

KNISTER

KiKA Superbruja

Bruño

detective

n.º 1

...bruja

Bruño

n.º 2 y los piratas

KNISTER

KiKA Superbruja

Bruño

y los indios

n.º 3

KNISTER

KiKA Superbruja

revoluciona la clase

n.º

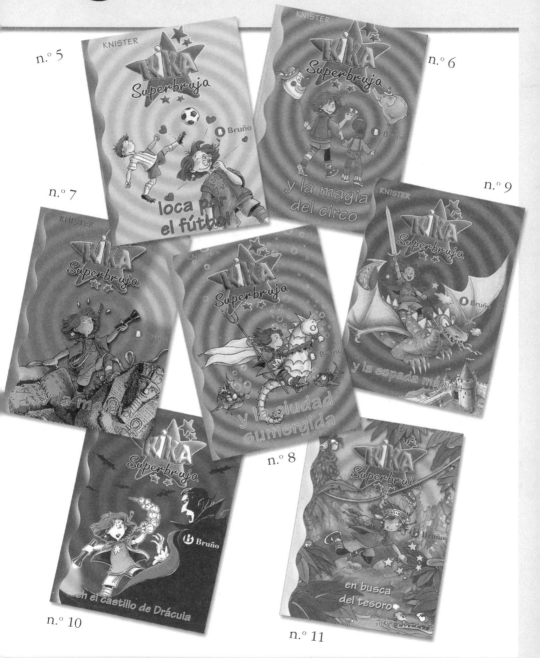

n.º 5

n.º 6

n.º 7

n.º 9

n.º 8

n.º 10

n.º 11

Diviértete con
KNISTER

n.º 1

Kika embruja los deberes

n.º 2

El cumple de Dani

n.º 3

El vampiro del diente flojo

n.º 1

n.º 2

n.° 149

n.° 140

n.° 1

n.° 2

n.° 3

n.° 4